Kleine Diogenes Taschenbücher 70167

de
te
be

Inhalt

Die Pension Grillparzer

Mein Vater arbeitete für das Österreichische Fremdenverkehrsamt. Und meine Mutter war auf die Idee gekommen, daß doch die ganze Familie mitreisen solle, wenn er als Spion für seinen Arbeitgeber unterwegs war. So kam es, daß meine Mutter, mein Bruder und ich ihn auf seinen geheimen Missionen begleiteten, deren Zweck es war, Unhöflichkeiten, staubige Winkel, schlechtes Essen und Sparmaßnahmen aller Art aufzuspüren, die sich österreichische Restaurants, Hotels und Pensionen zuschulden kommen ließen. Wir waren gehalten, Schwierigkeiten zu machen, wann immer es ging, nie genau das zu bestellen, was auf der Karte stand, ausgefallene Wünsche anzumelden, wie sie für Gäste aus dem Ausland typisch sind – etwa zu ungewöhnlichen Zeiten baden zu wollen, dringend ein Aspirin zu benötigen oder sich den Weg zum Tiergarten beschreiben zu lassen. Wir waren gehalten, uns anständig zu benehmen, aber lästig zu fallen; und wenn der Aufenthalt beendet war, erstatteten wir Vater auf der Autofahrt Bericht.

Dann sagte Mutter zum Beispiel: »Der Friseur hat am Vormittag immer geschlossen. Dabei wird draußen eigens auf ihn hingewiesen. Dagegen wäre ja nichts einzuwenden, wenn das Hotel nicht behaupten würde, einen eigenen Friseur zu haben.«

»Aber genau das behaupten sie«, sagte

Vater dann und hielt das in seinem dikken Notizbuch fest.

Ich war stets der Chauffeur und berichtete aus meiner Sicht: »Das Auto war zwar nicht auf der Straße geparkt, sondern in der Hotelgarage, aber seit wir es dem Portier übergeben haben, ist jemand vierzehn Kilometer damit gefahren.«

»Das sollte man der Hotelleitung direkt melden«, sagte Vater und machte sich eine Notiz.

»Die Toilette war undicht«, sagte ich.

»Ich hab die Toilettentür nicht aufgebracht«, sagte mein Bruder Robo.

»Du hast immer Schwierigkeiten mit Türen, Robo«, meinte Mutter.

»War das denn Klasse C?« fragte ich.

»Ich fürchte, nein«, sagte Vater. »Es ist noch immer als B-Hotel eingestuft.« Eine Zeitlang fuhren wir schweigend weiter;

die Frage, ob ein Hotel oder eine Pension neu kategorisiert werden mußte, nahmen wir sehr ernst. Wir schlugen nie leichtfertig die Einstufung in eine andere Klasse vor.

»Ich finde, das schreit nach einem Brief an die Hoteldirektion«, meinte Mutter. »Er sollte nicht zu freundlich ausfallen, aber auch nicht richtig grob. Teile einfach die Fakten mit.«

»Einverstanden. Ich fand den Mann ganz sympathisch«, sagte Vater. Er legte stets Wert darauf, die Hoteldirektoren kennenzulernen.

»Vergiß nicht zu erwähnen, daß jemand mit unserem Auto gefahren ist«, sagte ich. »Das ist wirklich unverzeihlich.«

»Und die Eier waren schlecht«, sagte Robo. Er war noch keine zehn, und sein

Urteil wurde nicht wirklich ernst genommen.

Weit unerbittlicher als Bewertungsteam wurden wir, als mein Großvater starb und uns Großmutter hinterließ – die Mutter meiner Mutter, die uns von da an auf unseren Reisen begleitete: Johanna, eine alte Dame mit majestätischem Auftreten, die es gewohnt war, in erstklassigen Hotels abzusteigen, während mein Vater weit häufiger B- und C-Unterkünfte unter die Lupe zu nehmen hatte. Kein Wunder, denn die meisten Touristen waren an Hotels (und Pensionen) in dieser Preislage interessiert. Mit den Restaurants erging es uns etwas besser. Auch Touristen, die es sich nicht leisten konnten, in erstklassigen Hotels abzusteigen, legten sehr wohl Wert auf Spitzenrestaurants.

»Ich gebe mich nicht dazu her, zweifelhafte Lokale zu testen«, erklärte uns Großmutter. »Mag sein, daß euch diese merkwürdige Betätigung in Hochstimmung versetzt, weil das wie kostenloser Urlaub ist, aber ich sehe schon, daß man dafür einen unzumutbaren Preis zahlen muß: Man weiß nie, in was für einem Quartier man landet. Amerikaner mögen es ja durchaus bezaubernd finden, daß es bei uns noch immer Zimmer ohne Bad und Toilette gibt, aber ich bin eine alte Frau, und ich finde es überhaupt nicht bezaubernd, einen öffentlichen Flur entlanglaufen zu müssen, wenn ich mich waschen oder die Toilette aufsuchen möchte. Und das ist noch lange nicht alles. Man kann sich da auch Krankheiten holen – und nicht nur vom Essen. Wenn mir das Bett dubios erscheint, werde ich mich nicht hineinlegen, das garantiere ich euch. Abgesehen davon sind die Kinder noch klein und leicht zu beeinflussen; denkt doch bloß an das Publikum, das in einigen dieser Absteigen verkehrt, und fragt euch dann ernsthaft, ob das der richtige Umgang ist.« Mutter und Vater nickten, sagten aber nichts. »Fahr nicht so schnell!« herrschte Großmutter mich an. »Du bist ein junger Spund, der nur angeben will.« Ich fuhr langsamer. »Wien«, seufzte Großmutter. »In Wien habe ich immer im Ambassador gewohnt.«

»Das Ambassador steht nicht zur Überprüfung an, Johanna«, sagte Vater.

»Das möchte ich auch meinen«, entgegnete Großmutter. »Gehe ich recht in der Annahme, daß wir überhaupt kein A-Hotel ansteuern?«

»Tja, es ist eben eine B-Reise«, räumte Vater ein. »Jedenfalls weitgehend.«

»Ich hoffe doch«, sagte Großmutter, »das bedeutet, daß es auf unserer Route wenigstens ein erstklassiges Hotel gibt.«

»Nein«, gestand Vater. »Es gibt ein Haus der Klasse C.«

»Das macht gar nichts«, meinte Robo. »In C-Häusern wird viel gestritten.«

»Das kann ich mir denken«, meinte Großmutter.

»Es ist eine C-*Pension,* eine sehr kleine«, sagte Vater, als seien Streitereien in Anbetracht der Größe verzeihlich.

»Und sie bewerben sich für B«, sagte Mutter.

»Aber es hat Beschwerden gegeben«, fügte ich hinzu.

»Davon bin ich überzeugt«, sagte Großmutter.

»Und Tiere«, ergänzte ich. Mutter warf mir einen warnenden Blick zu.

»Tiere?« fragte Großmutter.

»Tiere«, bestätigte ich.

»Es besteht lediglich ein Verdacht«, stellte Mutter richtig.

»Ihr dürft nicht voreingenommen sein«, sagte Vater.

»Ach, das ist ja reizend!« sagte Großmutter. »Überall Tierhaare auf den Teppichen! Ekelhafte Haufen in den Ecken! Wißt ihr, daß ich sofort Asthmabeschwerden bekomme, wenn ich ein Zimmer betrete, in dem zuvor eine Katze war?«

»Bei der Beschwerde ging es nicht um Katzen«, sagte ich. Mutter stieß mir ihren Ellbogen in die Rippen.

»Hunde?« fragte Großmutter. »Tollwütige Hunde! Die einen auf dem Weg ins Bad beißen.«

»Nein«, sagte ich. »Keine Hunde.«

»Bären!« rief Robo.

Aber Mutter sagte: »Das mit den Bären wissen wir nicht genau, Robo.«

»Das kann doch nicht euer Ernst sein«, meinte Großmutter.

»Natürlich ist es nicht ernst!« sagte Vater. »Wie könnte es in einer Pension Bären geben?«

»Aber genau das stand in einem Brief«, sagte ich. »Natürlich dachte das Fremdenverkehrsamt, die Beschwerde käme von einem Spinner. Aber dann hat noch jemand das Tier gesehen – es kam ein zweiter Brief, in dem es hieß, daß es da einen Bären gibt.«

Vater warf mir über den Rückspiegel mißbilligende Blicke zu, aber nachdem wir alle an dieser Überprüfung beteiligt waren, hielt ich es für ratsam, dafür zu sorgen, daß Großmutter vorgewarnt war.

»Wahrscheinlich ist es gar kein richtiger Bär«, sagte Robo hörbar enttäuscht.

»Ein Mann in einem Bärenkostüm!« rief Großmutter. »Welch unerhörte Perversion! Eine Bestie von einem Mann, der verkleidet umherschleicht! Wer weiß, was er im Schilde führt? Bestimmt ist es ein Mann in einem Bärenkostüm, ganz bestimmt«, sagte sie. »In diese Pension will ich zuerst. Wenn ich auf dieser Reise schon Bekanntschaft mit Klasse C machen muß, dann wollen wir es möglichst rasch hinter uns bringen.«

»Aber wir haben keine Zimmer für heute reserviert«, sagte Mutter.

»Stimmt, aber wir können den Leuten ebensogut eine Chance geben, sich von ihrer besten Seite zu zeigen«, meinte Vater. Obwohl er seine Opfer nie darüber aufklärte, daß er vom Fremdenverkehrsamt kam, hielt er Zimmerreservierungen schlicht für eine anständige Art, dem Personal die Möglichkeit zu geben, sich möglichst gut vorzubereiten.

»Ich bin überzeugt, daß man in einer Pension, in der Männer absteigen, die sich als Tiere verkleiden, nicht im voraus Zimmer reservieren muß«, meinte Großmutter. »Ich bin überzeugt, daß da immer was frei ist. Außerdem bin ich überzeugt, daß dort regelmäßig Gäste in ihren Betten sterben – aus Angst oder weil ihnen dieser Verrückte in seinem abgeschmackten Bärenkostüm irgend etwas Unaussprechliches zufügt.«

»Wahrscheinlich ist es ein echter Bär«, sagte Robo hoffnungsvoll, denn angesichts der Wendung, die das Gespräch nahm, wurde ihm wohl klar, daß ein echter Bär Großmutters eingebildetem Unhold allemal vorzuziehen war. Vor einem echten Bär hätte Robo vermutlich keine Angst gehabt.

Ich fuhr uns so unauffällig wie möglich zu der düsteren, unscheinbaren Ecke Planken- und Seilergasse, wo wir Ausschau nach der C-Pension hielten, die in Klasse B aufrücken wollte.

»Nirgends Platz zum Parken«, sagte ich zu Vater, der das bereits in seinem Notizbuch vermerkte.

Ich parkte in zweiter Reihe, und vom Auto aus ließen wir unsere Blicke an der Fassade der Pension Grillparzer emporwandern; vier schmalbrüstige Stockwerke zwischen einer Konditorei und einer Tabak-Trafik.

»Seht ihr?« sagte Vater. »Keine Bären.«

»Hoffentlich auch keine Männer«, sagte Großmutter.

»Die kommen in der Nacht«, sagte Robo und blickte argwöhnisch die Straße hinauf und hinunter.

Wir betraten die Pension und wurden vom Inhaber, einem Herrn Theobald, begrüßt, der sogleich Großmutters Mißtrauen erweckte.

»Drei Generationen, die zusammen verreisen!« rief er. »Wie in alten Zeiten«, fügte er hinzu, wobei er vor allem Großmutter ansprach, »bevor es diese vielen Scheidungen gab und die jungen Leute ihre eigenen Wohnungen wollten. Das hier ist eine Familienpension! Ich wünschte nur, Sie hätten im voraus bestellt – dann hätte ich Sie näher beisammen unterbringen können.«

»Wir sind es nicht gewohnt, im selben Zimmer zu schlafen«, erklärte ihm Großmutter.

»Natürlich nicht!« rief Theobald. »Ich meinte nur, ich hätte Ihnen gerne Zimmer gegeben, die näher beisammen sind.« Großmutter sah man die Besorgnis an.

»Wie weit liegen sie denn auseinander?« fragte sie.

»Na ja, ich habe nur zwei Zimmer frei«, sagte er. »Und nur eines davon ist groß genug für die beiden Jungen und die Eltern.«

»Und wie weit ist es bis zu meinem Zimmer?« fragte Großmutter kühl.

»Ihr Zimmer liegt genau gegenüber der Toilette!« erklärte Herr Theobald, als wäre das ein Vorteil.

Doch als er uns die beiden Zimmer zeigte – wobei Großmutter, die voller Verachtung das Schlußlicht machte, sich an Vaters Seite hielt –, hörte ich sie murmeln: »So habe ich mir mein Dasein im Alter nicht vorgestellt. Gegenüber der Toilette, so daß ich wohl oder übel sämtliche Gäste hören muß.«

»Hier ist jedes Zimmer anders eingerichtet«, erläuterte Herr Theobald. »Die Möbel stammen samt und sonders aus meiner Familie.« Das glaubten wir sofort. Das große Zimmer, das Robo und ich uns mit den Eltern teilen sollten, war ein Museumssaal voller Schnickschnack, in dem jede Kommode Beschläge in einem anderen Stil hatte. Andererseits waren die Wasserhähne am Waschbecken aus Messing, und das Bett hatte ein geschnitztes Kopfteil. Ich sah Vater an, daß er diese Einzelheiten, die er in seinem dikken Notizbuch festhalten würde, sorgfältig gegeneinander abwog.

»Das kannst du später machen«, erklärte ihm Großmutter. »Wo schlafe ich?«

Brav folgte die ganze Familie Herrn Theobald und meiner Großmutter durch einen langen, gewundenen Gang; Vater zählte die Schritte bis zur Toilette. Der Gangläufer war fadenscheinig und verblichen. An den Wänden hingen alte Fotografien von Eisschnellaufmannschaften – mit eigenartigen Gleitern an den Füßen, die vorn aufgebogen waren wie Hofnarrenschuhe oder die Kufen uralter Schlitten.

Robo, der vorausgelaufen war, verkündete, er habe die Toilette entdeckt.

Großmutters Zimmer war voller Porzellan, blankem Holz und roch leicht schimmlig. Die Vorhänge fühlten sich klamm an. Das Bett hatte in der Mitte einen beunruhigenden Wulst, der an das gesträubte Rückenfell eines Hundes erinnerte; fast sah es so aus, als läge unter der Bettdecke ein graziler Körper.

Großmutter sagte kein Wort, und als Herr Theobald aus dem Zimmer wirbelte wie ein Schwerverletzter, der soeben erfahren hat, daß er überleben wird, fragte sie meinen Vater: »Wie kommt die Pension Grillparzer bloß dazu, sich ein B zu erhoffen?«

»Ganz entschieden C«, sagte Vater.

»Ist und bleibt C«, sagte ich.

»Ich persönlich«, erklärte Großmutter, »plädiere für E oder F.«

Im düsteren Teesalon sang ein Mann ohne Krawatte ein ungarisches Lied. »Das bedeutet nicht, daß er Ungar ist«, versicherte Vater unserer Großmutter, die jedoch mißtrauisch blieb.

»Ich würde sagen, die Wahrscheinlichkeit spricht eher gegen ihn«, meinte sie. Sie wollte weder Tee noch Kaffee. Robo aß ein Stück Kuchen, das ihm angeblich schmeckte. Mutter und ich rauchten eine Zigarette. Sie versuchte mit dem Rauchen aufzuhören, ich versuchte es mir anzugewöhnen; deshalb teilten wir uns eine Zigarette – wir hatten einander sogar versprochen, nie eine allein zu rauchen.

»Er ist ein wunderbarer Gast«, flüsterte Herr Theobald meinem Vater zu und deutete dabei auf den Sänger. »Er kennt Lieder aus aller Welt.«

»Zumindest aus Ungarn«, sagte Großmutter, doch sie lächelte.

Ein kleiner Mann, glattrasiert, aber mit jenem dauerhaft metallischgrauen Bartschatten auf dem hageren Gesicht, sprach

Großmutter an. Er trug ein sauberes weißes (vom Alter und vom vielen Waschen jedoch vergilbtes) Hemd, eine Anzughose und ein nicht dazu passendes Sakko.

»Wie bitte?« sagte Großmutter.

»Ich sagte, ich erzähle Träume«, erläuterte der Mann.

»Sie erzählen also Träume«, sagte Großmutter. »Heißt das, Sie haben diese Träume?«

»Ich habe sie, und ich erzähle sie«, sagte er geheimnisvoll. Der Sänger hörte zu singen auf.

»Egal, welchen Traum Sie hören wollen«, sagte der Sänger, »er kann ihn erzählen.«

»Ich bin ganz sicher, daß ich keinen Traum hören will«, sagte Großmutter. Voller Mißfallen betrachtete sie den breiten Streifen dunkler Haare, die aus dem offenen Hemdkragen des Sängers quollen. Sie würde den Mann, der Träume »erzählte«, künftig ignorieren.

»Wie ich sehe, sind Sie eine Dame«, sagte der Traummann zu Großmutter. »Sie reagieren nicht auf jeden Traum, der einfach so daherkommt.«

»Ganz bestimmt nicht«, sagte Großmutter. Sie warf Vater einen ihrer Blicke zu, die besagten: Wie kannst du zulassen, daß jemand mir das antut.

»Aber einen kenne ich«, sagte der Traummann und schloß die Augen. Der Sänger zog einen Stuhl heran und saß auf einmal ganz dicht neben uns. Robo hockte auf Vaters Schoß, obwohl er dafür viel zu alt war. »In einem großen Schloß«, hob der Traummann an, »lag eine Frau neben ihrem Mann. Mitten in der Nacht wurde sie plötzlich hellwach.

Sie hatte nicht die geringste Ahnung, wovon sie aufgewacht war, und fühlte sich so munter, als sei sie seit Stunden auf. Gleichzeitig spürte sie – ohne daß es eines Blickes oder eines Wortes oder einer Berührung bedurft hätte –, daß ihr Mann ebenfalls hellwach war und ebenso plötzlich aufgewacht war.«

»Hoffentlich ist das für Kinderohren auch geeignet, haha«, meinte Herr Theobald, aber niemand würdigte ihn eines Blickes. Großmutter faltete ihre Hände im Schoß und starrte sie an – Knie fest beisammen, Fersen unter den Stuhl mit der geraden Lehne geschoben. Mutter hielt Vaters Hand.

Ich saß neben dem Traummann, dessen Jackett wie ein ganzer Zoo roch. Er erzählte weiter: »Die Frau und ihr Mann lagen wach in ihren Betten und lauschten den Geräuschen im Schloß, das sie nur gemietet hatten und nicht besonders gut kannten. Sie lauschten den Geräuschen draußen im Hof, den abzuschließen sie sich nie die Mühe machten. Die Leute aus dem Dorf gingen immer beim Schloß spazieren, und die Dorfkinder durften am großen Hoftor hin- und herschwingen. Wovon waren sie nur aufgewacht?«

»Bären?« meinte Robo, aber Vater legte seinen Zeigefinger auf Robos Mund.

»Sie hörten Pferde«, fuhr der Traummann fort. Großmutter, die mit geschlossenen Augen und gesenktem Kopf dasaß, schien auf ihrem harten Stuhl zu erschauern. »Sie hörten das Schnauben und Stampfen von Pferden, die sich ruhigzuhalten versuchten«, sagte der Traummann. »Der Mann streckte die Hand aus und berührte seine Frau. ›Pferde?‹ fragte er. Die Frau stieg aus dem Bett und trat ans Fenster. Sie würde bis zum heutigen Tag beschwören, daß der Hof voller berittener Soldaten war – aber was für Soldaten! Sie trugen Rüstungen! Die Visiere ihrer Helme waren heruntergelassen, und ihr Stimmengemurmel klang so blechern und schwer verständlich wie Stimmen von einem schwächer werdenden Rundfunksender. Ihre Rüstungen schepperten, wenn die Pferde unruhig auf der Stelle traten.

Im Schloßhof befand sich das alte, leere Becken eines ehemaligen Brunnens, doch nun bemerkte die Frau, daß der Brunnen lief; Wasser schwappte über den verwitterten Rand, und die Pferde tranken. Die Ritter waren wachsam, nicht einer saß ab; sie blickten zu den dunklen Fenstern des Schlosses empor, als wüßten sie, daß sie an dieser Wasserstelle nicht willkommen waren.

Die Frau sah ihre großen Schilde im Mondlicht aufblitzen. Sie schlüpfte wieder ins Bett und drückte sich steif an ihren Mann.

›Was ist denn da?‹ fragte er.

›Pferde‹, antwortete sie.

›Das hab ich mir gedacht‹, sagte er. ›Die werden die Blumen abfressen.‹

›Wer hat eigentlich dieses Schloß bauen lassen?‹ erkundigte sie sich. Daß es ein sehr altes Schloß war, wußten sie beide.

›Karl der Große‹, sagte er. Damit schlief er wieder ein.

Aber die Frau lag wach und horchte; das Wasser schien jetzt durch das ganze Schloß zu fließen und in allen Rohren zu gurgeln, als zöge der alte Brunnen Wasser aus allen verfügbaren Quellen. Und man hörte die verzerrten Stimmen der flüsternden Ritter – der Krieger Karls des Großen, die ihre tote Sprache sprachen! Auf die Frau wirkten ihre Stimmen so schauerlich wie das achte Jahrhundert und das damals herrschende Volk der Franken. Die Pferde tranken weiter.

Die Frau lag lange wach und wartete darauf, daß die Soldaten abzogen. Sie hatte keine Angst, angegriffen zu werden, denn sie war überzeugt, daß sich die Männer auf dem Marsch befanden und nur an einer Stelle, die sie von früher her kannten, Rast gemacht hatten. Aber solange das Wasser lief, hatte sie das Gefühl, die Stille und die Dunkelheit im Schloß nicht stören zu dürfen. Als sie einschlief, kam es ihr vor, als wären die

Männer Karls des Großen noch immer da.

Am Morgen fragte ihr Mann: ›Hast du auch Wasser laufen hören?‹ Ja, natürlich hatte sie es gehört. Aber der Brunnen war trocken, und vom Fenster aus sah man, daß keine Blumen abgerupft waren; dabei weiß jeder, daß Pferde Blumen fressen.

›Da siehst du's‹, sagte ihr Mann; er ging mit ihr hinunter in den Hof. ›Da sind keine Hufabdrücke und auch keine Pferdeäpfel. Wir müssen geträumt haben, daß wir Pferde gehört haben.‹ Sie erwähnte weder, daß sie auch Soldaten gesehen hatte, noch sagte sie, daß sie es für höchst unwahrscheinlich halte, daß zwei Menschen denselben Traum träumen. Und sie erinnerte ihn auch nicht daran, daß er als starker Raucher es nie roch, wenn die Suppe vor sich hin köchelte; der schwache Pferdegeruch in der frischen Luft war zu fein für seine Nase.

Sie sah – oder träumte – die Ritter noch zweimal während ihres Aufenthalts im Schloß, aber ihr Mann wachte nicht mehr gleichzeitig mit ihr auf. Es geschah immer ganz plötzlich. Einmal erwachte sie mit einem metallischen Geschmack auf der Zunge, als hätte sie ein Stück altes, verrostetes Eisen an die Lippen gehalten – ein Schwert, einen Brustschild, ein Kettenhemd, eine Beinschiene. Sie waren wieder draußen im Hof, diesmal bei kälterem Wetter. Dichter Nebel, der vom Wasser im Brunnen aufstieg, hüllte sie ein; die Pferde waren mit Reif bedeckt. Beim zweitenmal waren es nicht mehr so viele, als hätten der Winter oder die Scharmützel ihre Reihen gelichtet. Und beim letztenmal kamen ihr die Pferde ausgemergelt vor und die Männer fast wie leere Rüstungen, die sich nur mit knapper Not im Sattel halten konnten. Über den Mäulern der Pferde hingen längliche Masken aus Eis. Das Atmen bereitete ihnen (und den Männern) Mühe.

Ihr Mann«, schloß der Traummann, »starb später an einer Infektion der Atemwege. Aber das wußte die Frau nicht, als sie diesen Traum träumte.«

Großmutter blickte von ihrem Schoß auf und schlug den Traummann in das bartgraue Gesicht. Robo richtete sich auf Vaters Schoß kerzengerade auf; meine Mutter ergriff die Hand ihrer Mutter. Der Sänger stieß seinen Stuhl zurück und sprang verängstigt oder auch kampfbereit auf, aber der Traummann verbeugte sich nur vor Großmutter und verließ den düsteren Teesalon. Es war, als hätte er mit Großmutter einen Pakt geschlossen, der zwar lebensnotwendig war, aber keinem von beiden große Freude bereitete. Vater schrieb etwas in sein dickes Notizbuch.

»Na, war das nicht eine grandiose Geschichte?« fragte Herr Theobald. »Haha.« Er wuschelte Robo durchs Haar, was Robo nicht ausstehen konnte.

»Herr Theobald«, sagte Mutter, die noch immer Großmutters Hand hielt, mit einiger Schärfe, »mein Vater ist an einer Infektion der Atemwege gestorben.«

»Ach du Schande«, sagte Herr Theobald. »Tut mir leid, gnädige Frau«, sagte er zu Großmutter, aber die alte Dame weigerte sich, mit ihm zu sprechen.

Wir führten Großmutter in ein erstklassiges Restaurant, aber sie rührte ihr Essen kaum an. »Dieser Mensch war ein Zigeuner«, erklärte sie uns, »ein teuflisches Geschöpf und obendrein ein Ungar.«

»Bitte, Mutter«, sagte meine Mutter. »Das mit Vater konnte er nicht wissen.«

»Er weiß mehr, als du ahnst«, herrschte Großmutter sie an.

»Das Schnitzel ist hervorragend«, sagte Vater und vermerkte das in seinem dicken Notizbuch. »Und der Gumboldskirchner paßt ausgezeichnet dazu.«

»Die Kalbsnieren sind prima«, sagte ich.

»Die Eier sind in Ordnung«, sagte Robo.

Großmutter sagte nichts, bis wir in die Pension Grillparzer zurückkehrten, wo wir bemerkten, daß die Toilettentür mindestens dreißig Zentimeter hoch über dem Boden hing – wie die Türen amerikanischer Toilettenabteile oder die Saloontüren, die man aus Western kennt. »Ich bin heilfroh, daß ich die Toilette im Restaurant aufgesucht habe«, sagte Großmutter. »Wie abstoßend! Ich werde versuchen, die Nacht zu überstehen, ohne mich an einem Ort zur Schau zu stellen, wo jeder, der vorbeigeht, meine Fesseln beäugen kann!«

In unserem Familienzimmer sagte Vater: »Hat Johanna nicht einmal in einem Schloß gewohnt? Ich glaube, sie und Großvater haben vor langer Zeit mal ein Schloß gemietet.«

»Ja, das war vor meiner Geburt«, sagte Mutter. »Da haben sie das Schloß Katzelsdorf gemietet. Ich kenne es von Fotos her.«

»Also deshalb hat sie sich über den Traum des Ungarn so aufgeregt«, sagte Vater.

»Jemand fährt auf dem Gang Fahrrad«, sagte Robo. »Ich habe ein Rad vorbeirollen sehen – unten durch den Türspalt.«

»Schlaf jetzt, Robo«, sagte Mutter.

»Es hat quietsch-quietsch gemacht«, sagte Robo.

»Gute Nacht, ihr zwei«, sagte Vater.

»Wenn ihr noch reden dürft, dürfen wir auch reden«, sagte ich.

»Dann redet miteinander«, sagte Vater. »Ich rede mit eurer Mutter.«

»Ich möchte schlafen«, sagte Mutter. »Mir wäre es am liebsten, niemand würde mehr reden.«

Wir versuchten es. Vielleicht schliefen wir auch ein. Irgendwann flüsterte Robo mir zu, er müsse aufs Klo.

»Du weißt ja, wo es ist«, sagte ich.

Robo ging aus dem Zimmer und ließ die Tür einen Spaltbreit offen; ich hörte ihn den Flur hinuntergehen, wobei er mit einer Hand an der Wand entlangstreifte. Er war sehr bald wieder zurück.

»Da ist jemand drin«, sagte er.

»Dann warte, bis er fertig ist«, sagte ich.

»Das Licht war nicht an«, sagte Robo, »aber ich konnte unter der Tür was sehen. Da ist jemand drin, im Dunkeln.«

»Mir ist es im Dunkeln auch lieber«, sagte ich.

Aber Robo bestand darauf, mir genau zu erzählen, was er gesehen hatte. Er sagte, unter der Tür seien zwei Hände zu sehen gewesen.

»Hände?« fragte ich.

»Ja, da, wo die Füße hingehören«, sagte Robo. Er behauptete, er habe zu beiden Seiten der Toilettenschüssel eine Hand gesehen – statt eines Fußes.

»Raus mit dir, Robo!« sagte ich.

»Bitte, komm mit und schau selber«, flehte er mich an. Ich ging mit ihm den Gang hinunter, aber die Toilette war leer. »Er ist weg«, sagte er.

»Bestimmt ist er auf den Händen weggelaufen«, sagte ich. »Und jetzt geh pinkeln. Ich warte auf dich.«

Er ging in die Toilette und pinkelte betrübt im Dunkeln. Wir waren fast an unserer Zimmertür angelangt, als ein kleiner, dunkelhaariger Mann mit der gleichen Haut und genauso gekleidet wie der Traummann, der Großmutter brüskiert hatte, an uns vorbeikam. Er zwinkerte uns zu und lächelte; ich konnte nicht umhin zu bemerken, daß er auf Händen ging.

»Siehst du?« flüsterte Robo mir zu. Wir gingen in unser Zimmer und schlossen die Tür ab.

»Was ist los?« fragte Mutter.

»Da ist ein Mann, der auf Händen geht«, sagte ich.

»Ein Mann, der auf Händen pinkelt«, ergänzte Robo.

»Klasse C«, murmelte Vater im Schlaf. Vater träumte oft, daß er sich Notizen in sein dickes Buch machte.

»Wir reden morgen früh darüber«, sagte Mutter.

»Wahrscheinlich war es nur ein Akrobat, der dir imponieren wollte, weil du ein Kind bist«, erklärte ich Robo.

»Wie kann er wissen, daß ich ein Kind bin, wenn er im Klo war?« fragte Robo.

»Schlaft jetzt endlich«, flüsterte Mutter.

Dann hörten wir Großmutter am anderen Ende des Flurs schreien.

Mutter schlüpfte in ihren hübschen grünen Morgenmantel; Vater schlüpfte in seinen Bademantel und setzte die Brille auf. Ich zog eine Hose über meinen Schlafanzug. Robo war als erster auf dem Gang. Wir sahen Licht unter der Toilettentür. Drinnen stieß Großmutter rhythmische Schreie aus.

»Wir sind schon da!« rief ich ihr zu.

»Was ist denn los, Mutter?« fragte meine Mutter.

Wir versammelten uns in dem breiten Lichtstreif. Unter der Tür sahen wir Großmutters malvenfarbene Pantoffeln und ihre porzellanweißen Knöchel. Sie hörte zu schreien auf. »Als ich im Bett lag, habe ich jemanden flüstern hören.«

»Das waren Robo und ich«, erklärte ich.

»Dann, als ich den Eindruck hatte, daß sie fort sind, bin ich in die Toilette gegangen«, sagte Großmutter. »Ohne das Licht anzumachen. Alles war still«, berichtete sie. »Und dann habe ich das Rad gesehen und gehört.«

»Welches Rad?« fragte Vater.

»Vor der Tür ist mehrere Male ein Rad vorbeigefahren«, sagte Großmutter. »Es ist vorbeigerollt und zurückgekommen und wieder vorbeigerollt.«

Vater ließ einen Zeigefinger wie ein Rad neben seiner Schläfe kreiseln und schnitt eine Grimasse in Mutters Richtung. »Da braucht jemand ein paar neue Räder«, flüsterte er, aber Mutter warf ihm einen bösen Blick zu.

»Dann habe ich das Licht angemacht«,

sagte Großmutter, »und das Rad ist verschwunden.«

»Ich hab euch doch gesagt, daß ein Fahrrad auf dem Gang war«, sagte Robo.

»Halt den Mund, Robo«, sagte Vater.

»Nein, es war kein Fahrrad«, widersprach Großmutter. »Es war nur ein einzelnes Rad.«

Vater ließ beide Zeigefinger wild neben seinem Kopf kreiseln. »Und bei ihr sind ein paar Rädchen locker«, zischelte er Mutter zu, aber die gab ihm einen Klaps, daß ihm die Brille halb von der Nase rutschte.

»Und dann ist jemand gekommen und hat unter der Tür durchgeschaut«, sagte Großmutter. »Und da habe ich geschrien.«

»Jemand?« fragte Vater.

»Ich habe seine Hände gesehen, es

waren Männerhände – mit Haaren an den Fingerknöcheln«, sagte Großmutter. »Seine Hände waren auf dem Teppich vor der Tür. Er muß zu mir raufgeschaut haben.«

»Nein, Großmutter«, sagte ich. »Ich glaube, er stand einfach nur da draußen auf seinen Händen.«

»Werd nicht frech«, sagte Mutter.

»Aber wir haben einen Mann gesehen, der auf Händen gegangen ist«, sagte Robo.

»Unsinn«, sagte Vater.

»Doch, das stimmt«, sagte ich.

»Wir wecken noch alle Leute auf«, beschwichtigte uns Mutter.

Die Klospülung ging, und Großmutter kam, das letzte Restchen Würde wahrend, herausgeschlurft. Sie trug drei Morgenmäntel übereinander; mit ihrem langen Hals und dem weiß eingecremten Gesicht sah sie aus wie eine aufgescheuchte Gans. »Er ist böse und gemein«, sagte sie zu uns. »Und er verfügt über schreckliche magische Kräfte.«

»Der Mann, der dich angeschaut hat?« fragte Mutter.

»Der Mann, der meinen Traum erzählt hat«, sagte Großmutter. Eine Träne bahnte sich den Weg durch die Furchen ihrer Gesichtscreme. »Das war mein Traum«, sagte sie, »und er hat ihn allen erzählt. Es ist unerhört, daß er ihn überhaupt kennt«, zischte sie empört. »*Meinen* Traum – von den Pferden und den Kriegern Karls des Großen –, dabei dürfte den nur ich kennen, sonst niemand. Ich hatte diesen Traum vor deiner Geburt«, sagte sie zu meiner Mutter. »Und dieser böse, gemeine Zauberer hat meinen Traum erzählt, als wäre er was völlig Neues. Ich habe deinem Vater nie den ganzen Traum erzählt. Ich war auch nie ganz sicher, ob es überhaupt ein Traum war. Und jetzt gibt es hier Männer, die auf Händen gehen und haarige Fingerknöchel haben, und verzauberte Räder. Ich möchte, daß die Jungen bei mir im Zimmer schlafen.«

So kam es, daß Robo und ich uns das große Familienzimmer weit weg von der Toilette mit Großmutter teilten, die mit ihrem eingecremten, feucht glänzenden Gespenstergesicht auf Vaters und Mutters Kissen lag. Robo war wach und beobachtete sie. Ich glaube nicht, daß sie sehr gut schlief; vermutlich träumte sie wieder ihren Todestraum – erlebte noch einmal die frierenden Soldaten Karls des Großen mit ihren seltsamen, reifbedeckten Kettenhemden und den eingefrorenen Rüstungen in ihrem letzten Winter.

Als ich wohl oder übel auf die Toilette mußte, folgten mir Robos runde, glänzende Augen bis zur Tür.

In der Toilette war jemand. Unter der Tür kam kein Licht hervor, aber draußen an der Wand lehnte ein Einrad. Der Fahrer saß in der dunklen Toilette und betätigte wie ein Kind ein ums andere Mal die Spülung – ohne abzuwarten, bis der Wasserbehälter vollgelaufen war.

Ich trat näher, um unter der Tür durchzulugen, aber der oder die Betreffende stand nicht auf den Händen. Ich erkannte deutlich ein Paar Füße, fast in der erwarteten Stellung, nur berührten sie den Boden nicht; die Fußsohlen, dunkelviolett und wulstig, zeigten schräg zu mir nach oben. Es waren riesige Pfoten, die an kurzen, pelzigen Schienbeinen hingen: Bärentatzen, allerdings ohne Krallen. Ein Bär kann seine Krallen nicht einziehen wie eine Katze; wenn er Krallen hat, sieht man sie auch. Folglich war das hier ein Schwindler in einem Bärenkostüm oder ein Bär ohne Krallen. Ein zahmer Bär vielleicht. Zumindest ein stubenreiner Bär, wie man aus der Tatsache schließen durfte, daß er die Toilette benutzte. Am Geruch erkannte ich, daß es sich nicht um einen Mann in einem Bärenkostüm handelte, denn es roch eindeutig nach Bär. Es war ein echter Bär.

Ich wich zurück und knallte gegen die Tür des ursprünglichen Zimmers meiner Großmutter, hinter der Vater auf weitere Störungen lauerte. Er riß die Tür auf, und ich fiel ins Zimmer, so daß wir beide erschraken. Mutter schoß im Bett hoch und

zog sich das Federbett über den Kopf.
»Ich hab ihn!« rief Vater und warf sich auf mich. Der Boden bebte; das Einrad des Bären rutschte an der Wand ab und fiel gegen die Toilettentür, hinter der plötzlich der Bär zum Vorschein kam; er stolperte über sein Einrad und torkelte noch ein Stück weiter, bis er sich gefangen hatte. Besorgt blickte er durch die offene Tür auf Vater, der auf meiner Brust hockte. Dann hob er mit den Vorderpfoten das Einrad auf. *»Grauf?«* sagte der Bär. Vater knallte die Tür zu.

Vom anderen Ende des Flurs hörten wir eine Frau rufen. »Wo bist du, Duna?«

»Harf!« sagte der Bär.

Vater und ich hörten die Frau näher kommen. »Ach, Duna, übst du schon wieder?« sagte sie. »Immer mußt du üben! Aber bei Tageslicht geht es besser.« Der

Bär sagte nichts. Vater machte die Tür auf.

»Laß ja niemand rein«, sagte Mutter, ohne unter ihrem Federbett hervorzukommen.

Auf dem Flur stand eine hübsche ältere Frau neben dem Bären, der jetzt, eine riesige Pfote auf ihrer Schulter, mit dem Einrad auf der Stelle balancierte. Sie trug einen leuchtendroten Turban und ein langes Wickelkleid, das an einen Vorhang erinnerte. Auf ihrem hohen Busen ruhte eine Kette aus aufgefädelten Bärenkrallen; ihre Ohrringe reichten bis auf die eine Schulter des Vorhangkleides und die andere nackte Schulter mit einem entzückenden Leberfleck, den Vater und ich anstarrten. »Guten Abend«, sagte sie zu Vater. »Es tut mir leid, wenn wir Sie gestört haben. Natürlich darf Duna nachts nicht üben, aber er liebt eben seine Arbeit.«

Der Bär murmelte etwas und radelte von der Frau weg. Er hielt hervorragend die Balance, war aber unachtsam, streifte an den Wänden entlang und berührte die Fotos der Eisschnelläufer mit den Tatzen. Die Frau verbeugte sich vor Vater und folgte dem Bären den Gang hinunter, wobei sie »Duna, Duna« rief und im Vorbeigehen die Fotos geraderückte.

»*Duna* ist das ungarische Wort für Donau«, erklärte uns Vater. »Dieser Bär ist nach unserer geliebten Donau benannt.« Zuweilen schien es meine Familie zu überraschen, daß auch Ungarn einen Fluß lieben konnten.

»Ist der Bär ein echter Bär?« fragte Mutter – noch immer unter dem Federbett –, aber ich überließ es Vater, ihr alles zu erklären. Ich wußte, daß Herr Theobald am nächsten Morgen viel zu erklären haben würde, und dann hörte ich die ganze Geschichte ohnehin noch einmal.

Ich ging über den Flur zur Toilette. Der in der Luft hängende Bärengeruch und der Verdacht, daß überall Bärenhaare herumlagen, trieben mich zur Eile an; es war wirklich nur ein Verdacht, denn der Bär hatte alles sehr reinlich hinterlassen – oder zumindest sauber für einen Bären.

»Ich habe den Bären gesehen«, flüsterte ich Robo zu, als ich wieder ins Zimmer zurückkehrte, aber Robo war in Großmutters Bett gekrochen und neben ihr eingeschlafen. Großmutter jedoch war wach.

»Von Mal zu Mal habe ich weniger Soldaten gesehen«, sagte sie. »Beim letztenmal waren es nur noch neun. Und alle sahen ausgehungert aus; bestimmt haben sie die überzähligen Pferde gegessen. Es war bitter kalt. Natürlich wollte ich ihnen helfen! Aber sie lebten nicht in derselben Zeit wie ich. Wie hätte ich ihnen helfen können, wo ich noch nicht einmal geboren war? Natürlich wußte ich, daß sie sterben würden, aber es dauerte furchtbar lange. Als sie das letzte Mal kamen, war der Brunnen zugefroren. Mit ihren Schwertern und ihren langen Speeren schlugen sie das Eis in Stücke. Sie schichteten Holz für ein Feuer auf und ließen das Eis in einem Topf schmelzen. Dann holten sie Knochen aus ihren Satteltaschen – alle möglichen Knochen – und warfen sie in die Suppe. Es muß eine sehr dünne Suppe gewesen sein, weil die Knochen schon vor langer Zeit blank genagt worden waren. Ich weiß nicht, woher die Knochen stammten. Vermutlich von Hasen, vielleicht auch von einem Hirsch oder einem Wildschwein. Oder auch von den überzähligen Pferden. Ich möchte mir lieber nicht ausmalen«, sagte Großmutter, »daß es die Knochen der anderen Soldaten waren.«

»Schlaf jetzt, Großmutter«, sagte ich.

»Mach dir keine Sorgen wegen des Bären«, sagte sie.

Im Frühstücksraum der Pension Grillparzer stellten wir Herrn Theobald samt seiner Menagerie sonderbarer Gäste, die unsere Nachtruhe gestört hatten, zur Rede. Ich wußte, daß mein Vater vorhatte, sich (was noch nie vorgekommen war) als Kundschafter des Fremdenverkehrsamtes zu erkennen zu geben.

»Hier gibt es Männer, die auf Händen herumlaufen«, sagte Vater.

»Männer, die unter der Toilettentür durchschauen«, sagte Großmutter.

»Das ist der Mann«, sagte ich und deutete auf den kleinen Burschen, der mit seinen Freunden – dem Traummann und dem ungarischen Sänger – schmollend am Tisch in der Ecke beim Frühstück saß.

»Er tut das, um seinen Lebensunterhalt zu verdienen«, erklärte uns Herr Theobald, und als wollte er demonstrieren, daß es stimmte, stellte sich der Mann, der auf Händen gegangen war, auf seine Hände.

»Sagen Sie ihm, daß er aufhören soll«, sagte Vater. »Wir wissen, daß er es kann.«

»Aber wußten Sie auch, daß er überhaupt nur so gehen kann?« fragte unvermittelt der Traummann. »Wußten Sie, daß seine Beine nicht zu gebrauchen sind? Er hat keine Schienbeine. Es ist phantastisch, daß er auf Händen gehen kann! Sonst könnte er sich überhaupt nicht fortbewegen.« Der Mann nickte, obwohl es ihm sichtlich schwerfiel, solange er auf den Händen stand.

»Bitte, setzen Sie sich doch«, sagte Mutter.

»Es ist völlig in Ordnung, wenn man ein Krüppel ist«, meinte Großmutter ziemlich kühn. »Aber Sie sind böse«, warf sie dem Traummann vor. »Sie wissen Dinge, die zu wissen Sie kein Recht haben. – Er kannte meinen Traum«, sagte sie zu Herrn Theobald, als hätte sie einen Diebstahl in ihrem Zimmer zu melden.

»Ich weiß, daß er ein bißchen böse ist«, gab Herr Theobald zu. »Aber normalerweise nicht! Und er benimmt sich zunehmend besser. Er kann nichts für das, was er weiß.«

»Ich habe nur versucht, Ihnen den Kopf ein bißchen zurechtzurücken«, sagte der Traummann zu Großmutter. »Ich dachte, es würde Ihnen guttun. Schließlich ist Ihr Mann seit geraumer Zeit tot, und Sie sollten allmählich aufhören, soviel Aufhebens um diesen Traum zu machen. Sie sind nicht der einzige Mensch, der so einen Traum gehabt hat.«

»Schluß damit«, sagte Großmutter.

»Ich fand nur, Sie sollten es wissen«, meinte der Traummann.

»Kein Wort mehr davon, bitte«, sagte Herr Theobald zu ihm.

»Ich bin vom Fremdenverkehrsamt«, verkündete Vater, wahrscheinlich weil ihm sonst nichts einfiel.

»Ach du Schreck!« rief Herr Theobald.

»Es ist nicht Theobalds Schuld«, sagte der Sänger. »Es ist allein unsere Schuld. Er ist so freundlich, uns hier zu dulden, obwohl er damit seinen Ruf aufs Spiel setzt.«

»Sie haben meine Schwester geheiratet«, erklärte uns Herr Theobald. »Sie gehören zur Familie, verstehen Sie? Was kann ich da schon machen?«

»Was soll das heißen, *sie* haben Ihre Schwester geheiratet?« fragte Mutter.

»Na ja, erst hat sie mich geheiratet«, sagte der Traummann.

»Und dann hörte sie mich singen!« sagte der Sänger.

»Mit dem da war sie nie verheiratet«, sagte Herr Theobald, und alle sahen voller Bedauern den Mann an, der nur auf Händen gehen konnte.

»Früher einmal sind sie im Zirkus aufgetreten«, sagte Herr Theobald, »aber die politischen Umstände haben sie in Bedrängnis gebracht.«

»Wir waren die besten in ganz Ungarn«, sagte der Sänger. »Haben Sie je vom Zirkus Szolnok gehört?«

»Nein, tut mir leid«, sagte Vater ernst.

»Wir sind in Miskolc, in Szeged und in Debrecen aufgetreten«, sagte der Traummann.

»In Szeged sogar zweimal«, sagte der Sänger.

»Wir hätten es bis nach Budapest geschafft, wenn uns nicht die Russen in die Quere gekommen wären«, sagte der Mann, der auf Händen ging. – »Ja, und die haben ihm auch die Schienbeine rausgenommen!« sagte der Traummann.

»Sag die Wahrheit«, sagte der Sänger.

»Er ist ohne Schienbeine auf die Welt gekommen. Aber daß wir mit den Russen nicht klargekommen sind, das stimmt.«

»Sie wollten den Bären ins Gefängnis sperren«, sagte der Traummann.

»Sag die Wahrheit«, sagte Herr Theobald.

»Wir haben seine Schwester vor ihnen gerettet«, sagte der Mann, der auf Händen ging.

»Also mußte ich sie natürlich aufnehmen«, sagte Herr Theobald, »und sie arbeiten, so hart sie können. Aber wer interessiert sich in diesem Land schon für ihre Zirkusnummer? Es ist eine ungarische Nummer. Bären, die auf Einrädern fahren, haben hier einfach keine Tradition«, erklärte uns Herr Theobald. »Und die verfluchten Träume bedeuten uns Wienern gar nichts.«

»Sag die Wahrheit«, sagte der Traummann. »Es liegt daran, daß ich die falschen Träume erzählt habe. Wir sind in einem Nachtclub in der Kärntner Straße aufgetreten, bekamen aber Hausverbot.«

»Diesen einen Traum hättest du auch nie erzählen dürfen«, sagte der Sänger feierlich.

»Deine Frau war mit daran schuld!« sagte der Traummann.

»Damals war sie deine Frau«, entgegnete der Sänger.

»Bitte, hört auf«, bat Herr Theobald.

»Wir treten bei Wohltätigkeitsveranstaltungen zugunsten kranker Kinder auf«, sagte der Traummann. »Und ab und zu in staatlichen Krankenhäusern, vor allem an Weihnachten.«

»Wenn ihr nur mehr mit dem Bären machen würdet«, meinte Herr Theobald.

»Das mußt du mit deiner Schwester bereden«, sagte der Sänger. »Der Bär gehört ihr. Sie hat ihn abgerichtet, sie hat zugelassen, daß er faul und nachlässig wird und schlechte Gewohnheiten annimmt.«

»Er ist der einzige, der sich nie über mich lustig macht«, sagte der Mann, der nur auf Händen gehen konnte.

»Ich möchte gern weg von hier«, sagte Großmutter. »Für mich ist das alles schrecklich.«

»Bitte, liebe gnädige Frau«, sagte Herr Theobald, »wir wollten Ihnen nur klarmachen, daß wir es nicht böse gemeint haben. Es sind harte Zeiten. Ich brauche die Einstufung in Klasse B, um mehr Touristen anzulocken, und ich bringe es einfach nicht übers Herz, den Zirkus Szolnok hinauszuwerfen.«

»*Er bringt es nicht übers Herz,* daß ich nicht lache!« sagte der Traummann. »Er hat Angst vor seiner Schwester. Er denkt nicht im Traum daran, uns rauszuwerfen.«

»Würde er davon träumen, würdest du es wissen!« rief der Mann, der auf Händen ging.

»Ich habe Angst vor dem Bären«, sagte Herr Theobald. »Das Tier macht alles, was sie ihm sagt.«

»Sag nicht ›das Tier‹, sag ›er‹«, wies der Mann, der auf Händen ging, ihn zurecht. »Er ist ein braver Bär, und er hat noch nie jemand etwas zuleide getan. Er hat keine Krallen, das weißt du ganz genau, und Zähne hat er auch kaum mehr.«

»Der arme Kerl tut sich furchtbar schwer mit dem Fressen«, räumte Herr

Theobald ein. »Er ist ziemlich alt und macht ziemlich viel Dreck.«

Ich schaute meinem Vater über die Schulter und sah ihn in sein dickes Notizbuch schreiben: »Ein depressiver Bär und ein arbeitsloser Zirkus. Im Mittelpunkt der Familie steht die Schwester.«

In dem Augenblick bemerkten wir sie draußen auf dem Gehsteig mit dem Bären. So früh am Morgen war auf der Straße noch nicht viel Betrieb. Natürlich hatte sie den Bären vorschriftsmäßig an der Leine, aber die war nur symbolisch. Mit ihrem auffallenden roten Turban ging die Frau auf dem Gehsteig auf und ab und folgte den trägen Bewegungen des Bären auf dem Einrad. Er fuhr mühelos von Parkuhr zu Parkuhr, stützte sich nur ab und zu mit einer Tatze ab, wenn er kehrtmachte. Man sah auf Anhieb, daß er ein großes Talent zum Einradfahren besaß, merkte aber auch, daß das Einrad für ihn eine Sackgasse war. Und man sah ihm an, daß er selbst spürte, daß ihn das Einradfahren nicht weiterbrachte.

»Sie sollte ihn lieber wieder ins Haus schaffen«, meinte Herr Theobald gereizt. »Die Leute von der Konditorei nebenan beschweren sich ständig«, berichtete er. »Sie behaupten, der Bär würde ihre Kunden verscheuchen.«

»Dabei lockt der Bär die Kunden an!« sagte der Mann, der auf Händen ging.

»Einige Leute lockt er an, andere vergrault er«, sagte der Traummann. Plötzlich wurde er melancholisch, als hätte ihn diese profunde Erkenntnis deprimiert.

Die Kapriolen des Zirkus Szolnok hatten unsere ganze Aufmerksamkeit beansprucht, so daß wir gar nicht auf Großmutter geachtet hatten. Als Mutter bemerkte, daß sie leise vor sich hin weinte, hieß sie mich den Wagen vorfahren.

»Es war zuviel für sie«, flüsterte Vater Herrn Theobald zu. Die Angehörigen des Zirkus Szolnok wirkten beschämt.

Draußen auf dem Gehsteig radelte der Bär auf mich zu und überreichte mir die Autoschlüssel; der Wagen war am Randstein geparkt. »Nicht jeder mag es, wenn man ihm die Schlüssel auf diese Weise aushändigt«, sagte Herr Theobald zu seiner Schwester.

»Ach, ich dachte, ihm gefällt das«, sagte sie und wuschelte mir durchs Haar. Sie war reizvoll wie eine Bardame, was heißen soll, daß sie abends reizvoller aussah; bei Tageslicht sah man, daß sie älter war als ihr Bruder und auch älter als ihre Männer – und vermutlich würde sie mit der Zeit aufhören, ihnen Schwester oder Geliebte zu sein, und für sie alle eine Art Mutter werden. Für den Bären war sie bereits eine Mutter.

»Komm her«, sagte sie zu ihm. Er trat auf seinem Einrad lustlos auf der Stelle und stützte sich auf eine Parkuhr. Er leckte das kleine Sichtfenster der Parkuhr ab. Sie zog an der Leine. Er starrte sie an. Sie zog noch einmal. Mit überheblicher Miene fuhr der Bär los – erst in die eine Richtung, dann in die andere. Anscheinend machte es ihm mehr Spaß, als er feststellte, daß er Publikum hatte. Jetzt begann er anzugeben.

»Mach keinen Unsinn«, ermahnte ihn

die Schwester, aber der Bär trat schneller und schneller in die Pedale, sauste hin und her, fuhr scharfe Schlenker und kurvte zwischen den Parkuhren hindurch; die Schwester hatte die Leine längst losgelassen. »Hör auf, Duna!« rief sie, aber der Bär war außer Rand und Band. Er geriet mit dem Rad zu nahe an den Randstein, so daß es abrutschte und der Bär heftig gegen den Kotflügel eines parkenden Autos prallte. Er hockte auf dem Gehsteig, neben sich das Einrad. Verletzt hatte er sich offenbar nicht, aber er wirkte sichtlich verlegen. Niemand lachte. »Ach, Duna«, sagte die Schwester vorwurfsvoll, ging aber zu ihm hin und setzte sich neben ihn auf den Randstein. »Duna, Duna«, tadelte sie ihn liebevoll. Er schüttelte den großen Kopf, sah sie aber nicht an. Seitlich am Maul hing ihm ein Speichelfaden herunter, den sie mit der Hand wegwischte. Er schob ihre Hand mit der Pfote weg.

»Beehren Sie uns wieder!« rief Herr Theobald uns kläglich nach, als wir einstiegen.

Mutter saß mit geschlossenen Augen im Auto und massierte sich mit beiden Händen die Schläfen; auf diese Weise hörte sie angeblich nicht, was wir redeten. Sie behauptete, nur so könne sie sich auf den Reisen mit einer derart streitsüchtigen Familie schützen.

Ich wollte nicht wie üblich über den nachlässigen Umgang mit dem Auto berichten, sah aber, daß Vater versuchte, Ruhe und Ordnung aufrechtzuerhalten; er hatte sein riesiges Notizbuch auf dem Schoß aufgeschlagen, als hätten wir soeben eine routinemäßige Überprüfung abgeschlossen. »Was sagt der Tacho?« fragte er.

»Jemand ist fünfunddreißig Kilometer gefahren«, sagte ich.

»Dieser schreckliche Bär war hier drin«, sagte Großmutter. »Auf dem Rücksitz sind Haare von diesem Untier, und riechen kann ich es auch.«

»Ich rieche nichts«, sagte Vater.

»Und das Parfum dieser Zigeunerin mit dem Turban«, fügte Großmutter hinzu. »Es hängt unter dem Autodach.« Vater und ich schnüffelten. Mutter massierte weiterhin ihre Schläfen.

Auf dem Boden neben Brems- und Kupplungspedal entdeckte ich ein paar minzgrüne Zahnstocher, von denen der ungarische Sänger immer einen – wie eine Narbe – im Mundwinkel hatte. Ihr Anblick genügte mir, um mir auszumalen, wie die ganze Bagage in unserem Auto eine Spritztour machte. Am Steuer der Sänger, neben ihm der Mann, der auf Händen ging – und mit den Füßen zum Fenster hinauswinkte. Und auf dem Rücksitz, zwischen dem Traummann und seiner ehemaligen Frau – mit dem großen Kopf das gepolsterte Autodach streifend, die malträtierten Tatzen entspannt im breiten Schoß – lümmelte der alte Bär wie ein gutmütiger Betrunkener.

»Diese armen Menschen«, sagte Mutter, noch immer mit geschlossenen Augen.

»Lügner und Verbrecher«, sagte Großmutter. »Schwärmer und Flüchtlinge und verwahrloste Tiere.«

»Sie haben sich große Mühe gegeben«, sagte Vater, »aber es hat ihnen nichts genützt.«

»Im Zoo wären sie besser aufgehoben«, sagte Großmutter.

»Mir hat es gut gefallen«, sagte Robo.

»Es ist schwer, aus Klasse C herauszukommen«, sagte ich.

»Die sind jenseits von Z«, sagte Großmutter. »Die haben das menschliche Alphabet längst hinter sich gelassen.«

»Ich meine, da ist ein Brief fällig«, sagte Mutter.

Aber Vater hob die Hand, als wollte er uns segnen, und wir verstummten. Er schrieb in sein dickes Notizbuch und wollte dabei nicht gestört werden. Seine Miene war finster. Ich wußte, daß Großmutter seinem Urteil voller Zuversicht entgegensah. Mutter wußte, daß es sinnlos war zu diskutieren. Robo langweilte sich bereits. Ich kutschierte uns durch die winzigen Straßen, durch die Spiegelgasse zum Lobkowitzplatz. Die Spiegelgasse ist so schmal, daß man in den Schaufenstern der Geschäfte, an denen man vorbeifährt, das Spiegelbild des eigenen Autos sehen kann; dadurch entstand bei mir der Eindruck, als würde unsere Fahrt durch Wien in das Stadtbild eingeblendet – ein Kameratrick, der uns die Illusion verschaffte, eine Märchenreise durch eine Spielzeugstadt zu machen.

Sobald Großmutter eingenickt war, sagte Mutter: »Vermutlich spielt es bei dieser Pension keine große Rolle, ob sie anders eingestuft wird, egal, ob rauf oder runter.«

»Nein«, sagte Vater, »überhaupt keine.« Er hatte recht. Allerdings sollte es Jahre dauern, bis ich wieder in der Pension Grillparzer abstieg.

Als Großmutter starb, ganz plötzlich und im Schlaf, verkündete Mutter, sie habe das Umherreisen satt. Der eigentliche Grund war jedoch, daß Großmutters Traum nun auch sie heimsuchte. »Die Pferde sind so mager«, erzählte sie mir eines Tages. »Ich meine, ich habe immer gewußt, daß sie dürr sind, aber doch nicht so klapperdürr. Und daß die Soldaten gottserbärmlich dran waren, hab ich auch nicht gewußt«, sagte sie.

Vater kündigte beim Fremdenverkehrsamt und bekam eine Anstellung bei einer Detektei in der Stadt, die sich auf Hotels und Kaufhäuser spezialisiert hatte. Er war mit seiner Arbeit zufrieden, weigerte sich allerdings, in der Weihnachtszeit zu arbeiten – denn da, fand er, sollte es einigen Leuten erlaubt sein, ein bißchen zu klauen.

Ich hatte den Eindruck, daß meine Eltern mit zunehmendem Alter gelöster wurden, und spürte deutlich, daß sie eigentlich ganz glücklich und zufrieden waren, als es dem Ende zuging. Der Einfluß von Großmutters Traum wurde durch das wirkliche Leben abgemildert, vor allem durch das Schicksal, das Robo widerfuhr. Er besuchte zunächst eine Internatsschule und war dort recht beliebt; doch im ersten Jahr an der Universität kam er durch eine selbstgebastelte Bombe ums Leben. Dabei war er nicht einmal »politisch«. In seinem letzten Brief an unsere Eltern schrieb er: »Die radikalen Studentengruppen nehmen sich selbst nicht annähernd so wichtig, wie allgemein angenommen wird. Und das Essen ist scheußlich.« Dann ging Robo in sein Geschichtsseminar, und der ganze Hörsaal flog in die Luft.

Nach dem Tod meiner Eltern hörte ich auf zu rauchen und begann wieder zu reisen. Mit meiner zweiten Frau fuhr ich in die Pension Grillparzer. Mit meiner ersten kam ich gar nicht bis nach Wien.

Die Pension Grillparzer hat die von Vater veranlaßte Einstufung in Klasse B nicht lange behalten und gehörte, als ich sie endlich wiedersah, gar keiner Kategorie mehr an. Herrn Theobalds Schwester führte die Pension. Verschwunden waren ihre flittchenhaften Reize, und an ihre Stelle war der geschlechtslose Zynismus gewisser altjüngferlicher Tanten getreten. Sie war aus dem Leim gegangen und hatte ihr Haar in einem rötlichen Bronzeton gefärbt, so daß ihr Kopf aussah wie einer dieser kupferfarbenen

Topfreiber aus Stahlwolle. Sie erinnerte sich nicht mehr an mich und reagierte argwöhnisch auf meine Fragen. Da ich so viel über ihre ehemaligen Gefährten wußte, nahm sie wahrscheinlich an, ich sei von der Polizei.

Der ungarische Sänger war fortgegangen – er hatte eine andere Frau mit seiner Stimme umgarnt. Der Traummann war fortgebracht worden – in eine Anstalt. Seine eigenen Träume hatten sich in Alpträume verwandelt, so daß er Nacht für Nacht die ganze Pension mit seinem schauerlichen Geheul aufweckte. Fast gleichzeitig mit seinem Verschwinden aus diesem schäbigen Etablissement büßte die Pension ihre B-Klassifizierung ein, wie Herrn Theobalds Schwester berichtete.

Herr Theobald war gestorben. Er war,

beide Hände aufs Herz gepreßt, eines Nachts im Flur umgefallen, als er sich hinausgewagt hatte, um einen vermeintlichen Eindringling zu stellen. Dabei war es nur Duna gewesen, der mißmutige Bär, der den Nadelstreifenanzug des Traummannes trug. Warum Herrn Theobalds Schwester den Bären so angezogen hatte, erfuhr ich nicht, aber offenbar hatte der Anblick des verdrießlichen Bären, der in dem zurückgelassenen Anzug des Verrückten Einrad fuhr, genügt, um Herrn Theobald zu Tode zu erschrecken.

Der Mann, der nur auf Händen gehen konnte, hatte ebenfalls ein tragisches Ende genommen. Seine Armbanduhr hatte sich an der gezackten Kante einer Rolltreppe verhakt, so daß er auf einmal nicht mehr abspringen konnte;

seine Krawatte, die er nur selten trug, weil sie beim Gehen auf den Händen am Boden schleifte, geriet unter die Trittplatte am Ende der Rolltreppe, wurde hineingezogen – und erdrosselte ihn. Hinter ihm bildete sich eine Schlange. Die Leute traten auf der Stelle, indem sie einen Schritt zurückgingen, sich von der Rolltreppe weitertragen ließen und dann wieder einen Schritt zurückgingen. Es dauerte ziemlich lange, bis jemand den Mut aufbrachte, über den Toten hinwegzusteigen. Auf der Welt gibt es viele unbeabsichtigt grausame mechanische Vorrichtungen, die nicht für Menschen konzipiert sind, die auf Händen gehen.

Danach, so berichtete Herrn Theobalds Schwester, verschlechterte sich die Pension Grillparzer ganz erheblich und fiel weit hinter C zurück. Je mehr Verantwortung für die Pension auf der Schwester lastete, um so weniger Zeit blieb ihr für Duna; der Bär wurde senil und benahm sich ziemlich ungehörig. Einmal jagte er einen Postboten so rasant eine Marmortreppe hinunter, daß der Mann stürzte und sich den Schenkelhals brach; der Vorfall wurde gemeldet, und die Behörden setzten eine alte Stadtverordnung durch, der zufolge es untersagt war, Tiere an öffentlich zugänglichen Orten frei herumlaufen zu lassen. Duna wurde aus der Pension Grillparzer verbannt.

Eine Zeitlang hielt Herrn Theobalds Schwester den Bären in einem Käfig im Hinterhof, wo Hunde und Kinder ihn piesackten und Leute aus den Wohnungen, die zum Hof hinausgingen, Essensreste und Schlimmeres auf ihn hinunterwarfen. Mit der Zeit verhielt er sich nicht mehr wie ein Bär, wurde verschlagen – stellte sich zum Beispiel schlafend – und fraß eines Tages jemandes Katze. Danach wurde er zweimal vergiftet und bekam Angst, in dieser gefährlichen Umgebung überhaupt etwas zu fressen. Es gab keine andere Alternative, als ihn dem Tiergarten Schönbrunn zu schenken, der ihn jedoch nur zögernd aufnahm. Er war zahnlos und krank, hatte vielleicht sogar etwas Ansteckendes, und nachdem man ihn so lange wie ein menschliches Wesen behandelt hatte, war er nicht auf das eher beschauliche Alltagsleben im Zoo vorbereitet.

Durch das Schlafen unter freiem Himmel im Hof der Pension Grillparzer hatte sich sein Rheuma verschlimmert, und seine einzige besondere Fähigkeit, das

Einradfahren, war unwiederbringlich dahin. Als er es im Tiergarten das erste Mal versuchte, fiel er hin. Irgend jemand lachte. Wurde Duna bei etwas, was er machte, einmal ausgelacht, machte er es nie wieder, erklärte Herrn Theobalds Schwester. Am Ende bekam der Bär sein Gnadenbrot in Schönbrunn, wo er, knapp zwei Monate nachdem er seine neue Behausung bezogen hatte, starb. Nach Ansicht von Herrn Theobalds Schwester war er aus Scham gestorben – die Folge eines Ausschlags, der sich über seine gewaltige Brust ausgebreitet hatte, so daß sie rasiert werden mußte. Ein kahlgeschorener Bär, meinte ein Tierpfleger, geniert sich zu Tode.

In dem kalten Hinterhof der Pension Grillparzer sah ich mir Dunas leeren Bärenkäfig an. Die Vögel hatten nicht einen Obstkern zurückgelassen, aber in einer Ecke des Käfigs lag ein großer Haufen vertrockneter Exkremente – so leblos und völlig geruchlos wie die Leichen der Menschen von Pompeji, die vom Vesuvausbruch überrascht worden waren. Ich konnte nicht umhin, an Robo zu denken; von dem Bären war noch mehr übrig als von ihm.

Als ich ins Auto stieg, stellte ich deprimiert fest, daß der Tacho nicht einen Kilometer mehr anzeigte, daß kein einziger Kilometer heimlich gefahren worden war. Hier gab es niemanden mehr, der sich Freiheiten herausnahm.

»Wenn wir in sicherer Entfernung von deiner geliebten Pension Grillparzer sind«, sagte meine zweite Frau, »würde ich zu gern erfahren, warum du mich in diese schäbige Absteige gebracht hast.«

»Das ist eine lange Geschichte«, mußte ich zugeben.

Ich dachte darüber nach, daß mir an Herrn Theobalds Schwester der eigenartige Mangel an Begeisterung, aber auch an Bitterkeit aufgefallen war, mit dem sie von ihrer kleinen Welt berichtet hatte. Ihre Erzählung war irgendwie lustlos gewesen – wie man das von Geschichtenerzählern kennt, die sich mit traurig endenden Geschichten abgefunden haben –, so als hätte sie persönlich ihr Leben und ihre Gefährten nie als exotisch empfunden, als wäre der lächerliche und zum Scheitern verurteilte Versuch, eine Klasse aufzurücken, immer nur Theater gewesen.

Anmerkungen des Autors

Wer *Garp und wie er die Welt sah* gelesen hat, erinnert sich vielleicht, daß *Die Pension Grillparzer* T. S. Garps erste Short Story ist und im Roman den ersten Hinweis auf das schriftstellerische Talent des jungen Garp liefert. Als er die Geschichte schreibt, ist er tatsächlich noch sehr jung – erst neunzehn. Der verstorbene Henry Robbins, der Lektor des Romans und ein geschätzter Freund, erklärte mir damals, die Geschichte sei viel zu gut, um von einem Neunzehnjährigen stammen zu können.

Ich hielt dagegen, daß ich an Garp etwas zeigen wollte, was ich an vielen amerikanischen Schriftstellern beobachtet hatte: Das erste, was sie schreiben, ist das Beste, was sie je zustande bringen – in Garps Fall ging es nach der *Pension Grillparzer* nur noch bergab. Aber Henry behauptete hartnäckig, ich hätte es so dargestellt, als sei es kinderleicht gewesen, diese Geschichte zu schreiben. Und deshalb schlug er mir vor, sie aus Gründen der Glaubwürdigkeit zu teilen – Garp sollte mit der Geschichte anfangen, mittendrin steckenbleiben und sie beiseite legen. Erst nach einer Pause von mehreren Monaten greift er die Geschichte wieder auf und schreibt sie zu Ende; ein Ereignis in seinem Leben, der Tod einer Wiener Prostituierten, mit der er befreundet war, liefert dem jungen Autor die Idee für den Schluß seiner Geschichte.

Ich mußte Henry recht geben, und so kam es, daß *Die Pension Grillparzer* geteilt wurde; Leser, die diese Geschichte aus dem Roman kennen, haben sie in zwei Teilen gelesen. Obwohl mir klar war, daß Henry recht hatte, widerstrebte es mir, sie auseinanderzureißen; ursprünglich war sie zwei Jahre vor Erscheinen des Romans in *Antaeus* (Winter 1976) abgedruckt und mit dem Pushcart Prize – für die beste Kurzprosa – ausgezeichnet worden. Da sie den meisten Lesern vermutlich zuerst in *Garp* in ihrer geteilten Form begegnet ist, wollte ich sie noch einmal veröffentlichen – für viele Leser zum erstenmal in einem Stück.

Als Garp in der Mitte der Short Story »steckenbleibt« und zu schreiben aufhört, macht er sich Gedanken: »Aber was hatten sie zu bedeuten? Der Traum und diese verzweifelten Akrobaten – und was würde aus ihnen allen werden? Alles mußte zusammenpassen. Was wäre eine plausible Erklärung? Wie müßte der Schluß aussehen, damit sich alle in ein abgerundetes Bild fügten?«

Daß *Die Pension Grillparzer* für mich etwas Besonderes ist (ich mag sie von all meinen Short Stories am liebsten), hängt mit dem Traum der Großmutter und dem Epilog zusammen – am Schluß »paßte alles zusammen«. Der »lächerliche und zum Scheitern verurteilte Versuch, eine Klasse aufzurücken«, deutet bereits das Thema der »verhängnisvollen Fälle« im Roman an, der einen eigenen Epilog hat – ich mag Epiloge, wie jeder weiß, der meine Romane kennt. Der jüngere Bruder fliegt mitsamt dem Geschichtsseminar in die Luft, der Pensionsbesitzer erschrickt beim Anblick des Bären, »der in dem zurückgelassenen Anzug des Verrückten Einrad fuhr«, zu Tode, sogar der Bär »geniert sich zu Tode« – und der Mann, der nur auf Händen gehen kann, wird auf der Rolltreppe von seiner Krawatte erdrosselt... Diese Katastrophen lassen ahnen, welches gewaltsame Ende meinen Figuren zum Teil bevorsteht, nicht nur in *Garp,* sondern auch in späteren Romanen; das sind die unwahrscheinlichen Unglücksfälle, denen ich es verdanke, daß mir viele Rezensenten einen Hang zum Bizarren nachsagen.

Aber nach Ansicht von Henry Robbins – und ich habe ihm damals geglaubt und glaube ihm bis heute – ist das bizarrste Element in *Garp und wie er die Welt sah,* daß ein Neunzehnjähriger *Die*

Pension Grillparzer geschrieben haben soll. Das hat kein einziger Rezensent je bemängelt.

Bevor *ich* diese Geschichte schrieb, hatte ich bereits dreieinhalb Romane geschrieben. Ich war vierunddreißig und wußte längst, daß ich ein Romanschriftsteller bin und kein Autor von Short Stories; trotzdem habe ich nie, weder zuvor noch danach, so hart an einer Short Story gearbeitet, weil mir viel daran lag, daß die Leser des Romans erkennen, daß T. S. Garp ein guter Schriftsteller ist.

John Irving, geboren 1942 in Exeter, New Hampshire, wußte mit 19 genau, was er wollte: Ringen und Romane schreiben. Er studierte englische Literatur an den Universitäten von New Hampshire und Iowa, wo er später Gastdozent des Schriftsteller-Workshops war. 1963–64 lebte er in Wien. In seinem schlecht geheizten Zimmer schrieb er das erste seiner mittlerweile elf Bücher: *Laßt die Bären los!* Aber erst mit *Garp und wie er die Welt sah,* seinem vierten Buch, schaffte er zehn Jahre später endlich den Durchbruch. Auch alle weiteren Romane wurden zu Welterfolgen (darunter *Das Hotel New Hampshire, Gottes Werk und Teufels Beitrag, Owen Meany* und *Witwe für ein Jahr*). John Irving lebt heute mit seiner Familie im südlichen Vermont.

Bitte beachten Sie auch
die folgenden Seiten

John Irving im Diogenes Verlag

»John Irving ist ein Phänomen. Er hat nicht nur Leser, er hat Fans. John Irving, so scheint's, hat überhaupt alles. Literarische Reputation und grenzenlose Popularität, seine Romane sind in über 30 Sprachen übersetzt.« *Brigitte Neumann/ Norddeutscher Rundfunk, Hamburg*

Das Hotel New Hampshire
Roman. Aus dem Amerikanischen von Hans Hermann

Laßt die Bären los!
Roman. Deutsch von Michael Walter

Eine Mittelgewichts-Ehe
Roman. Deutsch von Nikolaus Stingl

Gottes Werk und Teufels Beitrag
Roman. Deutsch von Thomas Lindquist

Die wilde Geschichte vom Wassertrinker
Roman. Deutsch von Edith Nerke und Jürgen Bauer

Owen Meany
Roman. Deutsch von Edith Nerke und Jürgen Bauer

Rettungsversuch für Piggy Sneed
Sechs Erzählungen und ein Essay. Deutsch von Dirk van Gunsteren

Zirkuskind
Roman. Deutsch von Irene Rumler

Die imaginäre Freundin
Vom Ringen und Schreiben.
Deutsch von Irene Rumler

Witwe für ein Jahr
Roman. Deutsch von Irene Rumler

My Movie Business
Mein Leben, meine Romane, meine Filme. Mit zahlreichen Fotos aus dem Film *Gottes Werk und Teufels Beitrag*.
Deutsch von Irene Rumler

Gottes Werk und Teufels Beitrag
Drehbuch mit zahlreichen Fotos aus dem Film.
Deutsch von Irene Rumler

Die Pension Grillparzer
Eine Bärengeschichte.
Deutsch von Irene Rumler

keines mehr gegeben hat: Jean-Baptiste Grenouille. Ein Literaturereignis.«
Stern, Hamburg

»Wir müssen uns eingestehen, die Phantasie, den Sprachwitz, den nicht anders als ungeheuerlich zu nennenden erzählerischen Elan Süskinds weit unterschätzt zu haben: so überraschend geht es zu in seinem Buch, so märchenhaft mitunter und zugleich so fürchterlich angsteinflößend.«
Frankfurter Allgemeine Zeitung

»Anders als alles bisher Gelesene. Ein Phänomen, das einzigartig in der zeitgenössischen Literatur bleiben wird.«
Le Figaro, Paris

»Eine der aufregendsten Entdeckungen der letzten Jahre. Fesselnd. Ein Meisterwerk.«
San Francisco Chronicle

Die Taube

In fünf Monaten wird der Wachmann einer Pariser Bank das Eigentum an seiner kleinen Mansarde endgültig erworben haben, wird ein weiterer Markstein seines Lebensplanes gesetzt sein. Doch dieser fatalistische Ablauf wird an einem heißen Freitagmorgen im August 1984 jäh vom Erscheinen einer Taube in Frage gestellt.

»Ein rares Meisterstück zeitgenössischer Prosa, eine dicht gesponnene, psychologisch raffiniert umgesetzte Erzählung, die an die frühen Stücke von Patricia Highsmith erinnert, in ihrer Kunstfertigkeit aber an die Novellistik großer europäischer Erzähltradition anknüpft.«
Rheinischer Merkur, Bonn

»Nicht nur riecht, schmeckt man, sieht und hört man, was Süskind beschreibt; er ist ein Künstler, auch wenn es darum geht, verschwundenes, verarmtes Leben in großer innerer Dramatik darzustellen. Eine Meistererzählung.«
Tages-Anzeiger, Zürich

»Kaum Action hat die Geschichte, aber sie kommt wie ein Orkan über einen.«
Expreß, Köln

Kleine Diogenes Taschenbücher

Ali Baba und die vierzig Räuber
Zwei Märchen aus Tausendundeiner Nacht

Die Bergpredigt
Aktuelle Texte aus dem Neuen Testament

Bertolt Brecht
Die schönsten Gedichte

Wilhelm Busch
Die schönsten Gedichte

Albert Camus
Weder Opfer noch Henker
Über eine neue Weltordnung

Giacomo Casanova
Zwei Nonnen
Eine erotische Geschichte

Anton Čechov
Die Dame mit dem Hündchen
Zwei Erzählungen

Matthias Claudius
Die schönsten Gedichte

Paulo Coelho
Der Wanderer
Geschichten und Gedanken
Unterwegs
Geschichten und Gedanken

Luciano De Crescenzo
Sokrates
Sein Leben und Denken

Doris Dörrie
Der Mann meiner Träume
Erzählung

Fjodor Dostojewskij
Die Sanfte

Friedrich Dürrenmatt
Die Panne
Eine noch mögliche Geschichte
Der Gedankenschlosser
Über Gott und die Welt

Albert Einstein & Sigmund Freud
Warum Krieg?
Ein Briefwechsel

Epiktet
Handbüchlein der Moral und Unterredungen

Epikur
Über das Glück
Ausgewählte Texte

Theodor Fontane
Die schönsten Gedichte

Mahatma Gandhi
Die Kraft des Geistes
Auswahl aus den Schriften

Die Geschichte von der Erschaffung der Welt
von Adam und Eva, von Abraham, Jakob und von Joseph und seinen Brüdern

Die Geschichte von Hiob

Die Geschichte von König David

Die Geschichte von Moses
vom Exodus, den Zehn Geboten und dem Einzug ins Gelobte Land

Johann Wolfgang Goethe
Die schönsten Gedichte
Von der Höflichkeit des Herzens
und andere Gedanken

Brüder Grimm
Die schönsten Märchen

Heinrich Heine
Die schönsten Gedichte

Hermann Hesse
Die schönsten Gedichte

Patricia Highsmith
Drei Katzengeschichten

Hildegard von Bingen
Lieder
Lateinisch/deutsch

I Ging
Das Buch der Wandlungen

John Irving
Die Pension Grillparzer
Eine Bärengeschichte

Franz Kafka
Die Verwandlung
Erzählung
Briefe an den Vater

Immanuel Kant
Deines Lebens Sinn

Die schönsten Katzengedichte

Jiddu Krishnamurti
Meditationen

Lao Tse
Tao-Te-King

Donna Leon
Latin Lover
Von Männern und Frauen
Eine Amerikanerin in Venedig
Geschichten aus dem Alltag

Die schönsten Liebesbriefe deutscher Dichter

Die schönsten Liebesbriefe deutscher Musiker

Die schönsten deutschen Liebesgedichte

Das kleine Liederbuch
Mit Skizzen von Tomi Ungerer

Loriot
Szenen einer Ehe

Ian McEwan
Psychopolis
Abschied aus L. A.

W. Somerset Maugham
Die Leidenschaft des Missionars
Erzählung

Guy de Maupassant
Das Freudenhaus
Drei Erzählungen

Eduard Mörike
Mozart auf der Reise nach Prag
Novelle

Mohammed
Die Stimme des Propheten

Michel de Montaigne
Um recht zu leben
Aus den Essais

Christian Morgenstern
Galgenlieder

Friedrich Nietzsche
Die schönsten Gedichte

Walter Nigg
Teresa von Avila
Eine leidenschaftliche Seele

Franz von Assisi
Denken mit dem Herzen

No future?

Ingrid Noll
Stich für Stich
Fünf schlimme Geschichten

Die Sekretärin
Drei Rachegeschichten

Rainer Maria Rilke
Briefe an eine junge Frau
Briefe an einen jungen Dichter
Die schönsten Gedichte

Joachim Ringelnatz
Die schönsten Gedichte

Salomo
Weinen hat seine Zeit, Lachen hat seine Zeit
Die großen Dichtungen des Königs Salomo

Shakespeare
Liebessonette
Englisch und deutsch

Georges Simenon
Brief an meine Mutter

Patrick Süskind
Drei Geschichten und eine Betrachtung

Susanna Tamaro
Eine Kindheit
Erzählung

Die Demut des Blicks
Wie ich zum Schreiben kam

Henry David Thoreau
Über die Pflicht zum Ungehorsam gegen den Staat

Vom Spazieren
Ein Essay

Mark Twain
Adams Tagebuch und eine andere Liebesgeschichte

Oscar Wilde
Die Lust des Augenblicks
Aphorismen

Patricia Highsmith
Die Ripley-Romane

»Tom Ripley ist Patricia Highsmiths Lieblingsheld; sie hat mit der Erschaffung dieser Figur nicht nur Krimi- und Thrillerhelden einen Gegentyp vor die Nase gesetzt, sie hat darüber hinaus seelenruhig auch alle geschriebenen und ungeschriebenen Gesetze der literarischen Gattung Kriminalroman beiseite gefegt. Ripley ist nämlich sympathisch, obwohl ein Schurke durch und durch.« *Ilse Leitenberger/Die Presse, Wien*

Der talentierte Mr. Ripley
Roman. Aus dem Amerikanischen von Barbara Bortfeldt

Ripley Under Ground
Roman. Deutsch von Anne Uhde

Ripley's Game
oder Der amerikanische Freund
Roman. Deutsch von Anne Uhde

Der Junge, der Ripley folgte
Roman. Deutsch von Anne Uhde

Ripley Under Water
Roman. Deutsch von Otto Bayer

Außerdem erschienen:

Anthony Minghella
Der talentierte Mr. Ripley
Drehbuch mit zahlreichen Filmfotos
sowie einem Vorwort. Nach dem Roman
von Patricia Highsmith. Aus dem Englischen
von Christa E. Seibicke und Sebastian Wohlfeil

Patrick Süskind im Diogenes Verlag

Der Kontrabaß

»Dem Autor gelingt eine krampflösende Drei-Spezialitäten-Mischung: von Thomas Bernhard das Insistierende; von Karl Valentin die aus Innen hervorbrechende Slapstickkomik; von Kroetz die detaillierte Faktenfreude und eine Genauigkeit im Sozialen.« *Münchner Merkur*

»Was noch kein Komponist komponiert hat, das schrieb jetzt ein Schriftsteller, nämlich ein abendfüllendes Werk für einen Kontrabaß-Spieler.« *Dieter Schnabel*

Seit Jahren das meistgespielte Stück auf den deutschsprachigen Bühnen!

Das Parfum
Die Geschichte eines Mörders

»Ein Monster betritt die deutsche Literatur, wie es seit Blechtrommler Oskar Matzerath

Die Geschichte von
Herrn Sommer
Mit zahlreichen Bildern
von Sempé

Herr Sommer läuft stumm, im Tempo eines Gehetzten, mit seinem leeren Rucksack und dem langen, merkwürdigen Spazierstock von Dorf zu Dorf, geistert durch die Landschaft und durch die Tag- und Alpträume eines kleinen Jungen...
Erst als der kleine Junge schon nicht mehr auf Bäume klettert, entschwindet der geheimnisvolle Herr Sommer.

»Eine klassische Novelle.«
Der Spiegel, Hamburg

»Ein poetisches, filigranes Märchen aus der Kindheit, voll bittersüßer Nostalgie.«
SonntagsZeitung, Zürich

»Die typische Süskind-Mischung aus teils poetisch Zartem, teils Gewitztem.«
Joachim Kaiser/Süddeutsche Zeitung, München

Zusammen mit Helmut Dietl:

Rossini oder die mörderische Frage, wer mit wem schlief

Vollständiges Drehbuch mit zahlreichen Fotos aus dem Film, mit einem Essay von Patrick Süskind sowie einem Gespräch zwischen Hellmuth Karasek und Helmut Dietl

Die Gäste des italienischen Restaurants ›Rossini‹ haben bei aller Verschiedenheit eines gemeinsam: Sie sind Singles, die das Lokal zu ihrem zweiten Zuhause gemacht haben. Alle sind auf wundersame Weise miteinander verbunden: hoffnungslose Liebe, Haß, Eifersucht und alles überdauernde Männerfreundschaften. Die tragikomischen Verwicklungen werden durch das Auftreten einer jungen Schauspielerin mit dem märchenhaften Namen Schneewittchen noch turbulenter und kulminieren in Niederlagen und Triumphen der Protagonisten.

Deutscher Drehbuchpreis 1996 für Helmut Dietl und Patrick Süskind, *Ernst-Lubitsch-Preis 1997* und *Bayerischer Filmpreis 1997 für Regie* an Helmut Dietl.